Tomasa the Cow

La vaca Tomasa

Pietrapiana

PIÑATA BOOKS
ARTE PÚBLICO PRESS
HOUSTON, TEXAS
1999

Publication of *Tomasa The Cow* is made possible through support from the Andrew W. Mellon Foundation and the National Endowment for the Arts. We are grateful for their support.

Esta edición de *La vaca Tomasa* ha sido subvencionada por la Fundación Andrew W. Mellon y el Fondo Nacional para las Artes. Les agradecemos su apoyo.

> *Thank you Carolina Bilbao for the seed.*
> *Thank you David Miller for the soil.*
>
> *—Pietrapiana*

Piñata Books are full of surprises!

Piñata Books
Arte Público Press
University of Houston
Houston, Texas 77204-2174

Cover design by Sandra Villagomez

Pietrapiana.
      Tomasa the cow = La vaca Tomasa / Pietrapiana.
          p.   cm.
      Summary: Tired of being hooked to a milking machine, Tomasa the one-horned cow leaves the farm on a quest to find freedom. Text in English and Spanish.
      ISBN 1-55885-284-0 (hardcover) / ISBN 1-55885-285-9 (pbk. : alk. paper)
          [1. Cows—Fiction. 2. Freedom—Fiction. 3. Spanish language materials—Bilingual.]
          I. Title. II. Title: Vaca Tomasa.
      PZ73.P52   1999
      [E]—dc21
                                                                                    98-47010
                                                                                    CIP
                                                                                    AC

9 0 1 2 3 4 5 6 7 8   10 9 8 7 6 5 4 3 2 1

This little book is dedicated to Eda, Alberto (who still gives me strength), Renata, all my friends whose love and support are vital to me—and to all of you out there who, like Tomasa, also follow those little itching, moving, personal ideas called dreams.

A Eda, Alberto (quien aún me da fuerzas), Renata, todos mis amigos cuyo amor y apoyo son vitales para mi—y a todos ustedes que, como Tomasa, también se dejan llevar por esos inquietantes sueños, que a veces son incómodos pero que tanto valen la pena.

Tomasa was a cow with an unusual destiny.
She always dreamed of freedom.
Tomasa did not yet know what it was,
but still the dreams came.

Tomasa era una vaca con un
destino poco común. Ella soñaba
con la libertad. No sabía muy bien
de qué se trataba, pero su sueño
era recurrente.

Caesar the Bird dropped into Tomasa's life on a summer morning. Tomasa took good care of him. Even after Caesar learned how to fly, their friendship still grew stronger. Caesar's wings made Tomasa think of the adventures she wished to have.

El ave César se presentó en la vida de Tomasa una mañana de verano. Tomasa lo cuidó bien. Cuando César aprendió a volar, se hicieron aún más amigos. Para Tomasa, las alas de César representaban las aventuras que ella deseaba tener.

Tomasa knew that her mother used to be milked by hand. At least those were warm encounters . . . Time changes things, though, and Tomasa was milked by machines. Tomasa felt in her guts that life had much more to offer. So she decided to take risks.

Tomasa sabía que su madre había sido ordeñada a mano. Por lo menos esos fueron cálidos encuentros . . . El paso de tiempo cambia las cosas, y Tomasa era ordeñada mecánicamente. Tomasa sentía en sus entrañas que la vida tenía mucho más para ofrecer. Y entonces decidió enfrentar los riesgos.

Caesar understood Tomasa's sadness and her desire for freedom. He set her free from those metallic fingers that were sucking away her soul. Now Tomasa was on her own. Happy and confused at the same time, she began to wander around, counting on her instincts.

César comprendió la tristeza y el deseo de libertad de Tomasa. La liberó de esos dedos metálicos que le chupaban el alma. Entonces Tomasa inició su propio camino. Contenta y confundida a la vez, comenzó a deambular confiando en sus instintos.

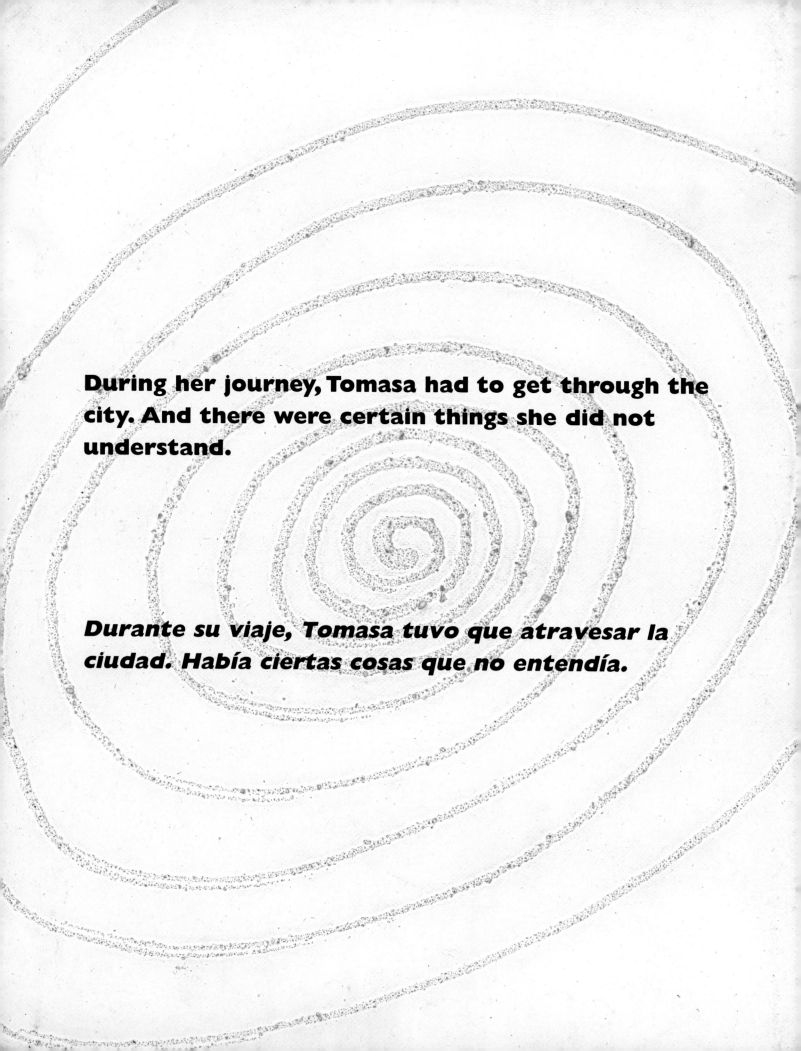

During her journey, Tomasa had to get through the city. And there were certain things she did not understand.

Durante su viaje, Tomasa tuvo que atravesar la ciudad. Había ciertas cosas que no entendía.

Life in the city was definitely not for her. Tomasa thought: "Too much running around and too little time to ruminate."

La vida en la ciudad definitivamente no era para ella. Tomasa pensó —Mucho correr de un lado al otro y poco tiempo para rumiar.

Tomasa met some distinguished ladies, who invited her for tea. They found her very chic, but she didn't understand. These hostesses talked a lot about shopping but never about being free.

Tomasa conoció a unas distinguidas señoras, que la invitaron a tomar el té. Hallaron a Tomasa muy divertida, pero ella no las comprendió. Estas anfitrionas hablaban mucho sobre ir de compras pero nunca sobre la libertad.

But the view from the bridge was worth all that running around. Tomasa liked the city's bridges . . . They made everything connect. The wet air rushed into her nostrils. Her instinct told her that the sea was close, and, for some strange reason, she was driven towards it.

Pero todo ese ajetreo valió la pena para disfrutar la vista desde el puente. A Tomasa le gustaban los puentes de la ciudad . . . Conectaban todo. El aire húmedo se le metía por la nariz. Su instinto le decía que el mar estaba cerca y por alguna extraña razón se sintió impulsada hacia él.

"So, this liquid horizon is the sea!" she thought. Tomasa could not find better words to describe it.

¡Así que este horizonte líquido es el mar!— Tomasa pensó. Y no pudo hallar mejores palabras para describirlo.

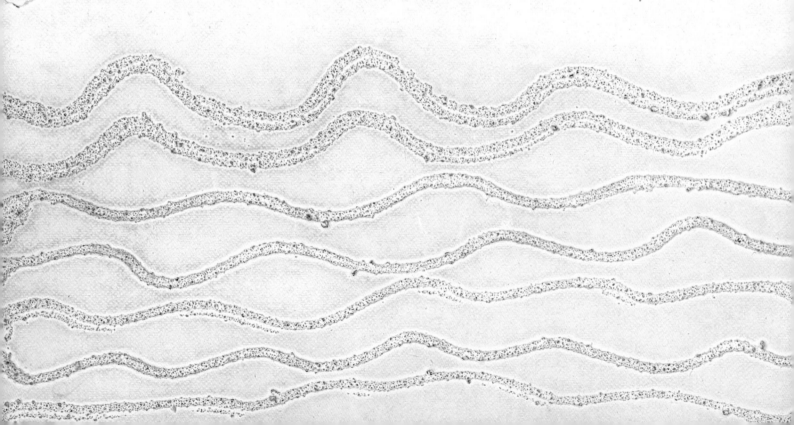

Out of nowhere, a magical creature appeared before her only horn. Tomasa couldn't keep her eyes off it.

De la nada, una mágica criatura se apareció frente a su único cuerno. Tomasa no pudo quitarle los ojos de encima.

Lucas the Whale and Tomasa the Cow exchanged glances, and both felt immediately connected.

La ballena Lucas y la vaca Tomasa cruzaron miradas, y ambas se sintieron inmediatamente conectadas.

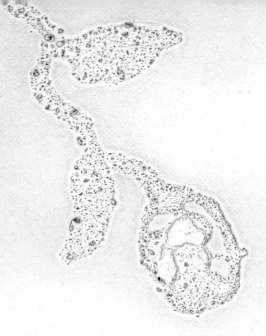

"She is beautiful and fragile, like a sea anemone," Lucas thought. He invited her to explore his world. Caesar the Bird had been watching Tomasa silently from the sky. He knew that Tomasa was now spreading her own wings.

Es bella y frágil, como una anémona de mar— pensó Lucas. Y la invitó a explorar su mundo. El ave César había estado observando en silencio a Tomasa desde el aire. César supo en ese momento que Tomasa ya había empezado a desplegar sus propias alas.

Lucas taught her how to swim. After a few adjustments, Tomasa and Lucas played and enjoyed themselves. They were free!

Lucas le enseñó a nadar. Después de algunos ajustes, Tomasa y Lucas jugaron, gozaron. ¡Eran libres!

The serenity of her new surroundings captured Tomasa's heart. She thought, "Maybe, after all, this is what freedom is about."

La serenidad de su nuevo entorno capturó el corazón de Tomasa. Y ella pensó— Quizás, después de todo, de esto se trate la libertad.